INTERMÈDE.

INTERMÈDE

Représenté sur le Théâtre de l'Académie impériale de Musique,

Le février 1806.

Pour le retour de S. M. l'Empereur et Roi.

Paroles de M. ESMÉNARD.
Musique de M. STEIBELT.
Ballets de M. GARDEL.

PARIS.

A la Librairie stéréotype, rue des Petits-Augustins, N°. 15;
Et chez les Marchands de Nouveautés.

1806.

PERSONNAGES.

CHANT.

Un Général français.	M. LAINEZ.
Un Maire de Paris	M. LAYS.
Deux Coryphées.	M. LAFORÊT. Mme. BRANCHU.
Un Italien.	M. ROLLAND.
Un Espagnol	M. NOURRIT.
Un Mamelouck.	M. DERIVIS.
Vieillards.	MM. CHÉRON. DUFRESNE. BERTIN. DUPARC.
Enfans.	

Chœur des habitans de Paris.
Chœur des nations étrangères.
Soldats, peuple.

DANSE.

Deux Polonaises.	Mlles. Mimi SAULNIER. Victoire SAULNIER.

Entrée des Mameloucks.	M. BEAUPRÉ. Mlle. TAGLIONI.
Entrée des Grecs et des Sultanes . . .	M. HENRI. Mlle. CLOTILDE.
Deux Suisses.	M. VESTRIS. Mme. GARDEL.
Troupe de bergers suisses, conduite par	M. BRANCHU.
Troupe de paysannes béarnaises, par	Mlle. BIGOTTINI.
Troupe d'Espagnols, conduite par	M. BEAULIEU.
Troupe de jeunes savoyardes, par	Mlle. MILLIÈRE.
Strasbourgeoises	Mlles. CHEVIGNI. COLOMB. DELILLE. FAVRE GUYARDELLE. MAREILLER, cadette.
Pas de Trois, par	M. ST.-AMAND. Mlles. MILLIÈRE. BIGOTTINI.
Pas de Deux espagnol	M. DUPORT. Mlle. DUPORT.

INTERMÈDE.

SCÈNE Iere.

Le Théâtre représente une avenue de Paris. On découvre dans le lointain quelques-uns des monumens élevés ou embellis sous le règne de S. M. I. ; le vieux Louvre, la Galerie, le pont des Arts, etc. etc. Le peuple paraît se porter en foule au-devant du héros dont il attend le retour ; le canon tire dans l'éloignement : une enceinte demi-circulaire de trophées forme une espèce de place publique où se rassemblent les troupes, les citoyens, les étrangers, les Magistrats, animés des mêmes sentimens de reconnaissance et d'admiration. Le peuple orne ces trophées de guirlandes de fleurs et de branches de lauriers. Sur des médaillons suspendus entre les colonnes, on lit les inscriptions suivantes : Campagnes d'Italie, Montenotte, Lodi, Arcole, Rivoli, prise de Mantoue, traité de Campo-Formio ; conquête de l'Egypte ; bataille de

Marengo ; traité de Luneville ; traité d'Amiens ; concordat ; code civil ; combat de Wertingen ; capitulation d'Ulm ; prise de Vienne ; bataille d'Austerlitz ; traité de Presbourg, etc.

CHŒUR GÉNÉRAL.

O jour de gloire et d'espérance !
Il revient le vengeur de l'état et des lois :
Il revient dans ces lieux remplis de sa puissance,
Gardés par son génie, ornés par ses exploits.
L'airain victorieux annonce sa présence.
Chantons, célébrons à-la-fois
Le héros de la France
Et l'arbitre des Rois.

DEUX CORYPHÉES.

Reine de nos cités, que tant d'éclat décore,
Tu lui dois des beaux arts les tributs immortels ;
Des sables de l'Afrique et des champs de l'Aurore,
Il attachait sur toi ses regards paternels (1).
La paix, les plaisirs, l'abondance,
Avec lui, dans tes murs, reviennent à-la-fois.
Chantons le héros de la France
Et l'arbitre des Rois.

(1) Paroles de S. M. I. à la fête qui lui fut donnée par la ville de Paris, à l'époque du couronnement.

CHŒUR GÉNÉRAL.

O jour de gloire et d'espérance !
Il revient, etc.

SCÈNE II.

Une marche guerrière se fait entendre. Les élèves des écoles militaires entrent sur la scène, tenant en main des branches de laurier qu'ils apportent à leurs frères, à leurs parens, aux guerriers vainqueurs dont on célèbre le retour. Des pelotons de troupes, de différentes armes, distinguées par leurs uniformes, arrivent sur la place. Elles font quelques évolutions, et forment ensuite une triple haie sur les deux côtés du théâtre. Alors s'avance un officier-général; le peuple s'empresse autour de lui. Le guerrier chante les strophes suivantes, et le chœur en répète les deux derniers vers.

UN GÉNÉRAL FRANÇAIS.

Déjà, d'une mer en furie,
Nos bataillons vengeurs allaient franchir les flots ;
Soudain la voix de la patrie,
Aux braves indignés fait entendre ces mots :

« Vos ennemis vaincus redemandent la guerre ;
» Albion les entraîne à de nouveaux combats ,
» Et leur audace aveugle ose fouler la terre
» Où leur sang répandu fume encor sous leurs pas.

» Volez , défenseurs de l'Empire ,
» De ces vieux ennemis tant de fois triomphans ;
» Aux bords où la nature expire ,
» Du Nord épouvanté repoussez les enfans ! »
A ce cri belliqueux les fiers tyrans de l'onde
S'applaudissent en vain de leurs crimes nouveaux.
Déjà victorieux, sur sa rive féconde ,
Le Danube éperdu voit flotter nos drapeaux.

Mais qui peut, dans son vol rapide ,
Suivre aux champs du soleil l'oiseau de Jupiter !
Qui peut du héros qui nous guide
Mesurer la pensée et repousser le fer !
Monarque sans rivaux, conquérant sans modèles ,
Chaque jour, à son nom, cent peuples sont émus :
D'Ulm et de Marengo les palmes immortelles
S'inclinent tout-à-coup devant celles d'Olmutz.

Où sont ces superbes Monarques ,
Et ces guerriers du Nord, vain espoir des Germains ?
Leur défaite a lassé la plus vieille des Parques ,
Et le ciseau fatal échappe de ses mains.
La triste humanité, les yeux baignés de larmes ,
Trouve encore un asile aux tentes des Français :

« Viens, dit-elle au héros, viens déposer tes armes,
« Et commande aux vaincus le bonheur et la paix ».

L'Envie et la Haine étouffées
S'étonnent de céder à des accens si doux.
Peuples, élevez des trophées
Au vainqueur désarmé qui revient parmi vous.
Trois fois, aux champs de Mars, il éteignit la guerre
Qu'allumait d'Albion la jalouse fureur;
Trois fois, dans ses travaux, le repos de la terre,
Des malheurs de la gloire a consolé son cœur.

SCÈNE III.

Des groupes de différentes nations étrangères se forment sur le théâtre, et prennent part à la fête que les Français préparent. Deux Polonaises précédent des Mameloucks qui sont suivis d'une troupe de jeunes Grecs et de femmes Musulmanes. On fait lire aux uns et aux autres l'inscription que porte un des médaillons : *Bataille d'Austerlitz*. A ce nom, qui semble promettre à tous les peuples de nouvelles destinées, ils témoignent par leurs gestes, toute leur admiration et la plus vive allégresse. Ils exécutent ensuite les danses gracieuses de leur patrie. Un jeune Suisse et sa femme succèdent aux Grecs et aux Sultanes. Enfin les différens groupes se réunissent,

On distingue, seulement par la variété des costumes, des Parisiens, des Mameloucks, des Grecs, des Italiens, des Espagnols, des Suisses, qui forment un chœur général.

CHŒUR.

A son pouvoir tout rend hommage ;
Son génie invincible a changé les destins.
Un nouveau siécle est né des débris du vieux âge ;
Une Europe nouvelle, et plus libre et plus sage,
Lui devra des jours plus sereins.

UN ITALIEN.

L'Éridan ne voit, plus dans sa course rapide,
Que des états soumis au grand NAPOLÉON.

UN ESPAGNOL.

Et les peuples voisins des colonnes d'Alcide
Ont invoqué son nom.

UN MAMELOUCK.

A l'Arabe inconstant qui désole sa rive,
Le Jourdain, mille fois, raconta ses travaux ;
Le Nil ensanglanté, sur son urne captive,
Rappelle ses drapeaux.

UN MAIRE DE PARIS.

Paris surtout lui doit la grandeur immortelle

Qu'un oracle trompeur annonçait aux Romains ;
Il s'accomplit pour nous, et la ville éternelle
Va sortir de ses mains.

VIEILLARDS ET ENFANS.

Ici la vieillesse et l'enfance
Rendent grâce au même héros ;
Pour l'une, il créa l'espérance,
A l'autre, il rendit le repos.

VIEILLARDS.

Dans nos foyers héréditaires,
Par lui, sous la loi de nos pères,
Couleront nos derniers instans.

ENFANS.

Pour lui, pour l'état, pour la gloire,
Enfans promis à la victoire,
Nous commençons nos premiers ans.

ENSEMBLE.

Ici la vieillesse et l'enfance, etc.

CHOEUR GÉNÉRAL.

A son pouvoir tout rend hommage ;
Son génie invincible, etc.

SCÈNE IV.

Pendant ce dernier chœur, deux Françaises ont exécuté un pas de deux, en formant avec une guirlande de fleurs et une couronne de laurier, différentes figures emblématiques. Elles vont suspendre ces fleurs et ces lauriers aux trophées qui décorent la scène.

Une musique vive et légère annonce des bergers et des paysannes qui viennent se mêler aux habitans de Paris pour célébrer avec eux un bonheur commun à tous les Français et à tous les peuples. D'un côté paraissent des bergers Suisses; de l'autre, de jeunes filles Béarnaises, avec le costume de leur pays; du fond du théâtre, s'avance une troupe d'Espagnols : tandis que ces trois différentes troupes mêlent, sans les confondre, leurs jeux et leurs danses, on entend tout-à-coup les sons de la vielle, et l'on voit arriver de jeunes Savoisiennes qui s'unissent aux trois autres quadrilles. Chacun conserve son caractère particulier, en se livrant aux mêmes transports, et en partageant l'ivresse générale.

Des femmes de Strasbourg succèdent aux paysannes du Béarn et de la Savoie. Elles n'ont point d'hommes avec elles, et ne paraissent point très-animées. L'une d'elles s'approche d'un Officier, et l'invite à danser avec ses compagnes. Bientôt une walse générale s'engage, après laquelle un jeune Français danse un pas de trois avec la jeune fille qui conduisait les Béarnaises et celle qui est à la tête des Savoisiennes.

Enfin les danses sont terminées par un pas de caractère exécuté par M. Duport et Mlle. sa sœur, en Espagnols.

Pendant cette scène, une Française, mariée le jour du sacre, une paysanne des environs de Florence, et une Bergère Suisse, chantent tour-à-tour les couplets suivans.

UNE PAYSANNE FRANÇAISE.

Celui que la gloire couronne,
De mon amant fit mon époux ;
L'éclat pompeux qui l'environne
Ne peut le séparer de nous.
De nos cabanes solitaires
Lui seul embellit le destin ;
Et les épouses et les mères
Ne l'implorent jamais en vain.

UNE PAYSANNE ITALIENNE.

Je viens des champs de l'Etrurie,
Rendre hommage au vainqueur des rois ;

Souffrez que ma voix attendrie
S'unisse à votre douce voix.
Jusques sur nous sa main chérie
Etendit ses nobles bienfaits ;
Et comme ici, dans ma patrie,
Les cœurs sont heureux et français.

UNE BERGÈRE SUISSE.

Les bergères de nos montagnes
Chantent son nom victorieux ;
Il ramena dans nos campagnes
La liberté de nos aïeux.
De leur paisible indépendance,
Il est l'auguste protecteur ;
Il joint l'Helvétie à la France,
Par la gloire et par le bonheur.

SCÈNE V.

Après les danses de la scène précédente, toutes les nations qui les ont exécutées, forment des groupes qui remplissent le théâtre. Une musique grave et religieuse se fait entendre. Tous les personnages prennent l'attitude qui leur convient. Un Maire de Paris s'avance au milieu de tous ces peuples différens, et semble exprimer leurs vœux et leurs sentimens réunis, par l'invocation suivante :

UN MAIRE DE PARIS.

O toi, dont tout ce qui respire
Sent le pouvoir et les bienfaits!
Dieu protecteur de cet empire,
Ecoute la voix des Français.
Tu sais pour qui leur vœu fidèle
Monte vers la voûte éternelle,
Et sollicite le bonheur;
Dieu! conserve aux Rois leur modèle,
Aux nations leur bienfaiteur.

Le front orné du diadême
Qu'il ceignit au pied des autels,
Un héros choisi par toi-même,
Commande au reste des mortels.
Marqué du sceau de ta puissance,
Il étend cet empire immense
Dont il est la gloire et l'appui;
Et les limites de la France
Semblent reculer devant lui.

Bientôt la vérité féconde,
L'antique foi, chère aux guerriers,
Les Arts, consolateurs du monde,
Vont refleurir sous ses lauriers.
C'est peu de l'âge qu'il honore;
Son génie éclaire et décore,
Par cent triomphes éclatans,

Les siécles qui dorment encore
Dans la nuit profonde du temps.

Arbitre de nos destinées,
Père des jours et des humains,
Prolonge ses belles années,
Pour accomplir tes grands desseins.
Qu'on lise un jour dans son histoire :
« Sa vie effaça la mémoire
» Des conquérans les plus fameux ;
» Il ne manqua rien à sa gloire :
» L'Univers sous lui fut heureux ».

Après cette invocation, toutes les troupes s'avancent sur la scène, et exécutent des évolutions militaires. Tous les personnages les suivent et répètent, en dansant, les mêmes figures, les mêmes mouvemens. Les hommes portent des palmes, les femmes des couronnes de laurier. A la fin de la scène les militaires sont couronnés par le peuple, et reçoivent ainsi l'hommage que la France et l'Europe entière adressent au héros qui les a conduits.

De l'Imprimerie des ANNALES DES ARTS ET MANUFACTURES,
rue J.-J. Rousseau, N°. 14.

www.ingramcontent.com/pod-product-compliance
Ingram Content Group UK Ltd.
Pitfield, Milton Keynes, MK11 3LW, UK
UKHW020552230726
13925UKWH00006B/2557

9 782019 253660